Rayons de Miel

PAR

L'Abbé Théophile DUBREUIL

Curé des Saintes (Antilles)

MELLE

IMPRIMERIE ET LIBRAIRIE LACUVE

1901

RAYONS DE MIEL

Rayons de Miel

PAR

L'Abbé Théophile DUBREUIL

Curé des Saintes (Antilles)

MELLE

IMPRIMERIE ET LIBRAIRIE LACUVE

1901

ÉVÊCHÉ

DE BASSE-TERRE

(Guadeloupe)

—

Basse-Terre, le 31 janvier 1900.

Carissime et amantissime,

Tuum quidem lepidissimum opusculum tuasque jucundissimas epistolas magna cum voluptate multoties perlegi. Felix es, inquam, qui inter tot et tanta muneris tui officia tempus novisti reperire ad sublevandam non solum tuam sed etiam fratrum mentem. Tum pedestri, tum poetico sermone, tum gallica, tum latina lingua semper festivus ubique copia verborum dives delectas (ut docet Horatius), pariterque mones lectorem et grata varietate styli indesinenter juvas. Legendo tua scripta delectatus sum; majore cum lœtitia ipsum scriptorem vidissem, sed ovium tuarum cura te domi retinet. Ovile tuum diligenter serva; opus fac evangelistœ : novi te tam bonum pastorem quam optimum pœtam.

Benedicat te insuper Deus totius consolationis et sancti gaudii.

✝ PETRUS MARIA,

Ep. Imœ Telluris.

Basse-Terre, le 31 janvier 1900.

Très cher fils,

J'ai lu et relu toujours avec un nouveau plaisir votre agréable opuscule et vos lettres fort gracieuses. Je ne puis que m'écrier : heureux prêtre, qui au milieu de tant et de si grandes obligations du saint ministère trouve encore le loisir de nourrir son intelligence et celle de ses frères. En prose et en vers, en français comme en latin, toujours abondant, vous ne cessez selon le précepte d'Horace, tout en l'instruisant, de plaire au lecteur par la variété incessante de votre style. C'est avec un bien grand plaisir que j'ai lu vos œuvres ; je serai encore plus heureux de vous voir. Mais les soucis de votre paroisse vous retiennent : continuez à faire œuvre d'apôtre ; car j'ai appris que vous étiez aussi bon prêtre que bon poète.

Que le Dieu de toute consolation et de toute joie vous bénisse.

† Pierre Marie,

Évêque de Basse-Terre.

L'AME PURE

Seule dans la nature
    L'âme pure
Rit aux cieux
    Radieux ;
Rit à l'étoile
    Qui le soir
Revient nous voir
Claire et sans voile ;
Rit au coteau,
Rit au ruisseau
Qui sur la pente
Bondit et chante ;
Rit aux bosquets,
Rit à l'aurore
    Qui colore
Les champs et les genêts ;
Rit aux campagnes,
Rit aux montagnes,
    Rit au soleil
    A son réveil,
    A l'aubépine
    Qui s'incline

Sous les fleurs ;
A la colombe
Qui retombe
Des hauteurs ;
A la fauvette,
A son petit
Qui dans son nid
Tout bas répète
Sa chansonnette
Au Créateur ;
Seule dans la nature
L'âme pure
A le bonheur.

PRÈS DU RUISSEAU

Lé ruisseau de la colline
Aux rebords enchanteurs,
Le ruisseau qui chemine
Et fuit parmi les fleurs
Promenait ses eaux tournoyantes
En cascades bruyantes,
Son chant du soir
Près du manoir.
Sur la branche d'un chêne
Le chantre du bosquet
Auprès de la fontaine,
Chantait, chantait, chantait ;
Et la tête penchée
Sur l'onde du ruisseau
Riait à sa nichée,
Riait à son berceau.
Les arbres formaient un dôme
La rose jetait son arôme.
Que c'était beau
Près du ruisseau !

A L'AURORE

Le papillon
Du vallon
Le papillon de la prairie
Verte et fleurie
Le papillon allait,
Le papillon volait
Sur la violette,
Le lis, la pâquerette,
Reposait sur le cœur
De la chaste jacinthe ;
Et sous son aile sainte
Tout s'ouvrait au bonheur.
Aux voûtes éternelles
En flammes immortelles,
L'astre du jour pendait.
Au fond de la vallée
Sur sa couche voilée
Le rossignol chantait.
Sur la molle verdure
Assis au fond des bois,
Au chant de la nature
J'associais ma voix.

PAR MES VALLONS DORÉS

Par mes vallons dorés
Une source innocente
Au sourire d'argent, à l'onde gazouillante
Se jette dans les prés,
Se jette dans les bois, rebondit sur la pierre
S'enfuit dans le ravin
Et disparaît enfin
Dans la verte bruyère.
Elle rit au soleil
A son réveil,
A sa lumière
Sur la terre,
Elle rit à l'oiseau
Sur l'ormeau,
A la colombe
Qui retombe ;
Elle rit à l'enfant
Qui s'assied en jouant
Sur la pierre
Près de son onde claire.
Par mes vallons dorés
Une source innocente
Au sourire d'argent, à l'onde gazouillante
Se jette dans les prés.

L'ENFANT ET L'ONDE

L'enfant de la colline
L'enfant des bois en fleurs
Lentement s'achemine
Et vient verser des pleurs.
Il a perdu son père,
Il a perdu sa mère,
Ses frères et ses sœurs.
Chaque soir près de la fontaine
A l'ombre des cyprès,
Trompé par le mirage,
Il pleure son image,
Il pleure sur ses traits.
L'onde s'était troublée,
Un jour qu'il y alla;
La douleur le saisit et son âme affligée
Dans les cieux s'envola.

L'ENFANT ET LE PETIT OISEAU

Sur la neige étendu par la froide atmosphère
Un tout petit oiseau
Promenait sa paupière
Pour chercher un berceau,
Une douce retraite,
Un peu de pain, un peu de miette,
Un recoin du hameau.
La chaude maisonnette
Du brave laboureur
Vint s'offrir par bonheur.
Un bel enfant l'invite :
« Viens, mon petit ami,
Entre donc vite :
« Je te préserverai du chat ton ennemi ;
« Dans un aimable nid, près de la cheminée,
Tu passeras l'année,
Réjouissant mon frère,
Réjouissant ma mère,
Réjouissant mes sœurs ».
Tout en parlant ainsi, d'une main enfantine
Il offre sa tartine
A l'oiseau qui verse des pleurs.

L'ENFANT ET LES PAPILLONS

L'ange de la colline
Au sarreau blanc, à la voix enfantine
De sillons en sillons,
De vallons en vallons,
S'en allait, s'en allait courir les papillons.
Le soleil jetait sa lumière
Sur les guérets du laboureur ;
La tremblante paupière
Se couvrait de sueur.
Elle disait dans sa colère :
« Va-t-en, va-t-en, petit méchant ».
Et puis faisant une prière :
« Viens donc, viens donc, mon cher enfant ».
Le papillon se moquait de ses peines,
S'en allait, s'en allait à travers maintes plaines
Et revenait souvent
Quelques pas en volant.
Enfin n'en pouvant plus, le papillon s'arrête,
Et l'enfant lui répète
Caresses et bonjours, avec un gros baiser,
S'il veut bien se poser.
« Ton aile est bien tendre
Charmant papillon,
Vole, vole, reviens : je vais t'attendre
Dans ton berceau mignon ».

Le papillon riant, ouvrit sa tendre bouche :
    « Le lis est mon berceau
Et la rose et l'œillet, la pâquerette du hameau ;
    Je n'ai pas qu'une couche
    Moi : n'importe quelle fleur ».
Il dit et s'envola bénissant le Seigneur.

LE JEUNE OISEAU

Sous l'aubépine
Qui s'incline
Près du chemin,
Sous l'aubépine du jardin,
La tendre tourterelle
Si belle
Au bas de son berceau
Si beau
Pleurait sur le ruisseau.
Au fond de la vallée
Là-bas sous l'horizon
Sa mère était allée
Par le vallon,
Par les plaines,
Par les bosquets et par le mont,
Chercher quelques graines
Pour son petit
Tombé du nid.
Soudain de sa blanche aile
Faisant vibrer les airs,
La blanche tourterelle
S'abat sur les prés verts.
Et remplis d'allégresses,
Ils poussent mille cris,
Et sur les prés fleuris
Ce ne sont que tendresses.

LA ROSE

Sur le ruisseau
De la colline
Qui s'incline
De la colline au vert bosquet,
Une rose traînait,
A la dérive,
Sur une rive,
Sur l'autre bord
Son triste sort.
Sur ma bouche pieuse
Je la pressai trois fois;
Et s'ouvrant à ma voix,
La rose généreuse
Remplit mes blanches mains
De ses plus doux parfums.

MA NIÈCE

Dans son bonnet fleuri, sur sa couche bourgeoise
La petite Françoise
Dormait de son plus doux sommeil.
Mille fleurs éclatantes
Cent rêves d'or, cent colombes riantes
Paraient son front vermeil,
Se jouaient sur sa couche,
Se jouaient au rideau,
Se jouaient sur sa bouche ;
Quand soudain un flambeau
Laissé là par sa mère
Sur la table de nuit
Vint frapper sa paupière.
La chère enfant lui dit :
« Petit flambeau, lumière vacillante
Que fais-tu par ici ?
Rentre dans ton berceau. Qu'elle est bien négligeante
Ta mère à toi ! Pas même ce souci »
Et la mienne est si tendre !
Elle dit :
Le flambeau feignit de l'entendre
Et l'enfant s'endormit.

LE BAISER DE MAMAN

Sur ses genoux
Si doux,
Dans la prairie
Fleurie
Je sautais,
Je riais,
Et ma mère
Si chère
Regardait
Et riait.
De sa lèvre pressée,
Pour son enfant
Charmant,
Sur ma bouche rosée,
Un baiser retombait
Et restait.
O chaste jeunesse
Doux temps !
Faut-il que la vieillesse
Avec tant de vitesse
Arrive sur les ans.

LA PRIÈRE DE L'ENFANT

A genoux sur la pierre
Près de sa mère
L'enfant
Fait sa prière
Au Tout-Puissant.
Il a les mains levées
Vers le sommet des cieux ;
Son regard est pieux,
Saintes sont ses pensées.
Sous le toit paternel,
Il conjure le ciel
De donner à sa mère,
De donner à son père,
De donner à sa sœur
La santé, le bonheur ;
Aux champs l'épi superbe,
Aux vallons des échos,
Aux campagnes de l'herbe,
Aux plaines des agneaux,
A la colline
L'aubépine,
Au jardin
La rose du matin,
A la campagne
Ses ruisseaux,

A la montagne
Ses oiseaux,
Au feuillage
Son doux ramage,
A l'agneau son pasteur.
Et les anges en chœur
Des célestes cimes
Le soir
Se penchent pour savoir
Quels cantiques sublimes
Chante l'enfant
Reconnaissant.

L'ENFANT MOURANTE

La petite Marie
Sur sa couche fleurie
Se mourait.
Elle riait
Aux célestes phalanges
Des saints et des anges,
Dans les cieux ;
Aux sons harmonieux
De cent lyres divines,
Aux célestes collines,
Aux cantiques pieux,
Aux voûtes éternelles,
Aux splendeurs immortelles,
A la lampe d'airain
Qui loin de notre vue
Jette un éclair divin
Jour et nuit suspendue.
Soudain la douce enfant
Se réveille en criant :
« Mère, que je t'embrasse ;
Je vois ta place
Dans le ciel ! »
Puis l'enfant s'endormit de son dernier sommeil.

JEOVAH

Qui donc sur les coteaux
Jeta ce tapis de verdure
Où l'âme pure
Rit aux oiseaux ;
Rit à l'aubépine
Dans la colline ;
Rit à l'œillet
Dans le bosquet ;
Rit à la mésange
Qui dans les cieux
Loin de la fange
Porte les yeux ?
C'est le Maître-Suprême,
C'est Jeovah, c'est le Seigneur lui-même.
Qui donc a creusé les ruisseaux
Aux ondes tournoyantes,
Aux cascades bruyantes,
Aux longs roseaux,
Où les enfants regardent leur image
Le soir
Où l'oiseau du bocage
Revient se voir,
Où se reflète
L'alouette

Planant dans les hauteurs ;
Où l'onde pure
Bondit, murmure
Au sein des fleurs ?
Qui donc a jeté cette voûte
Sur les monts,
Où chaque astre a sa route
Sur les vallons ?
C'est le Maître-Suprême,
C'est Jeovah, c'est le Seigneur lui-même.

L'IMPIE

Ainsi que la poussière
    S'élève de terre,
S'élance vers les cieux
    Si radieux,
Jette des voiles
    Sur les étoiles,
Obscurcit le soleil
    A son réveil,
    Et puis retombe,
Retombe sur la tombe,
Retombe dans les sillons,
Par les prés, les vallons.
Ainsi j'ai vu l'impie
Vomir contre le Ciel
Sur le soir de sa vie
Un dédain éternel ;
Vomir l'outrage,
Vomir la rage,
Et puis il est passé ;
Le Seigneur est resté.

LA PERDRIX

Au pied de la montagne
Aux cent vallons fleuris,
Dans la verte campagne
L'innocente perdrix
Poussait, poussait des cris ;
Demandait ses petits
Aux ravins, aux vallées,
Aux profondes allées,
        Aux sapins,
Aux ormeaux des chemins.
Les chasseurs avaient dit : « Voilà bonne curée,
        Des perdreaux
        Bons et beaux,
Faisons bonne soirée. »
Et dans les airs tremblants
Leurs armes criminelles,
Retentirent des champs
Aux voûtes éternelles.
        Elle pleurait
Sur le mont qui s'incline,
        Elle appelait
Sur l'arbre qui domine :
Pour la première fois
L'écho de la colline
Répéta seul sa voix.

LA VIE DU CIEL

Le Ciel
Est dans la nature,
Dans l'âme pure
Et dans la ruche où l'abeille a son miel,
Dans la vierge au front rose
Dans la vierge aux blancs lis
Qui doucement repose
Au milieu des brebis.
N'est-il pas sur la couche
Le Ciel, quand l'enfant tend la bouche ?
N'est-il pas
Quand l'enfant tend les bras ?
Quand la douce colombe
Retombe
Par les monts,
Les vallons ?
Quand sous un front de neige
Songeant à son départ
On voit un beau vieillard
Que le Seigneur protège ?

LES JOURS HEUREUX

Il est des jours heureux
Des jours sans orages,
Des jours sans nuages
Qui nous viennent des cieux,
Où chante la nature,
Où chante l'âme pure,
Où tout n'est que soleil :
La plaine à son réveil,
La colline odorante,
Les vallons, les bosquets,
Les buissons, les genêts,
La montagne riante ;
Où tout n'est que parfum :
Parfum dans les allées,
Parfum dans le jardin,
Parfum dans les vallées,
Parfum dans les fleurs
Et parfum dans les cœurs.
   O suaves journées,
Il est bien de beaux jours,
Mais hélas ! qu'ils sont courts !

LA GOUTTE DE ROSÉE

Sur les vallons pieux,
Sur les plaines mouvantes,
Dans la voûte des cieux
Aux flammes éclatantes
L'aurore s'éveillait,
Et la rose s'ouvrait,
Et le lis souriait,
Et tout dans la nature
Chantait d'une voix pure
Les bienfaits du Seigneur,
L'oiseau dans l'atmosphère
Sur son aile légère
Redisait son bonheur ;
Dans la tendre verdure,
Dans la corolle pure
Une étoile brillait,
Une étoile riait.

L'HIRONDELLE

L'hirondelle
Dans le lointain
Sur son aile
S'en va, revient.
Vole dans l'atmosphère,
Ne touche point la terre ;
L'hirondelle se rit du temps,
Se rit des ans.
Heureux qui vit comme elle,
Sans chagrins, sans soucis :
La tempête cruelle
Ne l'a jamais surpris.

L'EXILÉ

Au réveil
Du soleil
Seule l'hirondelle
Au fond des déserts
A déployé son aile
A travers
Les airs ;
Seule dans la fontaine
L'étoile du soir
Tranquille et sereine
Revient me revoir ;
Seule dans la colline
Sous mes pas errants,
La feuille chemine
Et fuit par les champs ;
Seule dans l'atmosphère
La foudre en colère
Sillonne les cieux.
Je suis seul sur la terre :
Que je suis malheureux !

LA VIE

La vie est une douce chose
On voit partout le Ciel,
    L'étoile
    Qui se voile
    Au réveil
    Du soleil ;
Le printemps sur la terre
    Qui régénère
    Les monts
    Et les vallons ;
    La colline
Où fleurit l'aubépine,
    Le bosquet
Où s'entr'ouvre l'œillet.
Une onde gazouillante
Murmure dans les airs ;
La colombe innocente
S'abat sur les prés verts ;
    Mille oiseaux
Chantent dans les coteaux ;
    Mille roses
Près du lis sont écloses.
On sent dans le jardin
La rose du matin ;
On adore un bon père,
Une excellente mère,
On est adoré d'eux.
Oh ! que l'on est heureux !

LA PETITE SŒUR DES PAUVRES

Quand l'aurore
Colore
Les champs et les genêts,
Les vallons, les bosquets,
Cette abeille
S'éveille
Monte à travers
Les airs ;
D'une aile alerte
S'élance dans le Ciel,
A l'Église entr'ouverte
Va puiser son doux miel.
Charmante ouvrière,
Pour qui travailles-tu ?
Ai-je bien entendu ?
C'est pour moi, pour mon frère,
C'est pour moi, pour ma mère,
C'est pour moi, pour mon père,
Quand la sombre douleur
Brisera notre cœur.

LA SŒUR DE CHARITÉ

Sous la flamme limpide
De la lampe d'airain,
Cette sœur si timide
Élève la main,
Montre à la souffrance
Les splendeurs des cieux,
Douce récompense
Des gens malheureux.
Elle dit : Oh ! mon frère,
    Calme-toi
Sortant de ta misère,
Tu vas quitter la terre
Appuyé sur la foi.
Elle dit : Tu reverras ton père
Tu reverras ta mère
Tu reverras ta sœur
Dans l'éternel bonheur.

A MA SOEUR

Ah ! ma chère Adéline,
Dans ma chambre à Paris,
Une aimable souris
Trottine, trottine.

Elle court au foyer,
Mais bientôt la lumière
Offense sa paupière
Et la fait dévier.

Elle court aux fenêtres,
Mais l'astre-roi des cieux
Planant sur tous les êtres
Épouvante ses yeux.

Elle court à ma table,
Et moi sur mon bureau
Je jette mon pinceau :
Sa peur est effroyable.

Dans ma chambre à Paris,
Ah ! ma chère Adéline,
Une aimable souris
Trottine, trottine.

DANS MA CHAMBRETTE

Dans ma douce chambrette
Oh ! qu'il fait bon prier,
Quand mon âme muette
Vient de se réveiller.
    Elle plane
A la voûte des cieux ;
    Elle glane
Des lauriers bienheureux ;
Du haut de l'atmosphère,
  Méprise la terre,
  S'assied dans le Ciel
  Avec l'Éternel ;
  Vole dans les collines
  Où les anges en chœur
  Sur des harpes divines
  Exaltent leur bonheur.

Dans ma douce chambrette
Qu'il fait bon travailler,
Quand mon âme de poète
Vient de se réveiller.
  Elle plane
Au sommet des monts,
  Elle glane
Dans les vallons,

Cueille la rose
Puis se repose ;
Cueille la fleur
Du laboureur,
Rit à la bergère
Qui dans la bruyère
A conduit son troupeau,
Rit à l'oiseau
Sur la branche tremblante
Qui d'une aile naissante
Va quitter son berceau.

LOIN DE CHEZ SOI

Loin de chez soi, qu'on est malade !
Loin de chez soi, que tout est fade !
    Là-bas est le jardin
    Où l'on cueille la rose,
    Où l'on se repose
    A l'ombre du jasmin.
    Là-bas est la prairie
      Verte et fleurie,
    Là-bas sont des concerts
      Dans les airs,
    Là-bas est l'onde
      Féconde
    Du clair ruisseau,
    Là-bas est un bateau.
Loin de chez soi, qu'on est malade !
Loin de chez soi, que tout est fade !

LE RETOUR AU VILLAGE

Salut ô mon village,
Village au vieil ormeau,
Témoin de mon jeune âge
Tu seras mon tombeau.
Rien n'est plus doux que la prairie
Qui vit mes premiers pas,
Où la rose fleurie
S'ouvrait sous les lilas.
Rien n'est plus doux que la colline
Où souffle l'air natal,
Que l'onde qui chemine,
Que l'onde au pur cristal.
Rien n'est plus doux que le bocage
Séjour du vrai repos,
Où les chants du village
Réveillaient les échos.
Rien n'est plus doux que la montagne
Planant sur la campagne,
Que l'innocent agneau
Sautant sur le coteau.
Salut ô mon village,
Village au vieil ormeau,
Témoin de mon jeune âge
Tu seras mon tombeau.

BÉNISSEZ LE SEIGNEUR

O splendeurs des vallons
Où l'or, les pierreries
Revêtent les sillons,
Où les roses fleuries
Ouvrent leurs fiers boutons,
Où les échos résonnent,
Où les eaux tourbillonnent,
Où sourit le bonheur,
Bénissez le Seigneur !
O splendeurs des montagnes
Qui charmez tant les yeux,
Qui couvrez les campagnes,
Qui montez dans les cieux,
Qui portez les nuages,
Qui portez les orages,
Qui portez la terreur,
Bénissez le Seigneur !
O pavillon du poète,
Astres harmonieux,
    Beaux cieux,
Soleil qui se reflète
Au profond de mon cœur,
Bénissez le Seigneur !

LE PETIT AGNEAU

Sur le bord de l'onde
Aux mille ormeaux fleuris
L'innocente brebis
Venait de mettre au monde
Un bel et tendre fils.
Il trottait sur la molle verdure,
Riait à la nature,
Se regardait dans l'eau,
Courait au milieu du troupeau.
L'innocente bergère
Vit le petit agneau,
Le souleva de terre
Et le trouvant bien beau
Lui donna cent baisers, lui fit une caresse.
Et le troupeau là-bas, bondissait d'allégresse.

LE TOIT PATERNEL

O toit qui m'as vu naître,
Cause de mes soupirs,
Toujours je me rappelle
La maison paternelle,
Séjour des vrais plaisirs !
Non, non, les aimables caresses
Des amis tout-puissants
Qui versent leurs tendresses
Sur mes tout jeunes ans.
Non, non, la colline lointaine
Où naissent les honneurs,
Où la gloire promène
Ses lauriers et ses fleurs,
Rien ne vaut d'une mère
Les si tendres baisers, .
Rien ne vaut d'un bon père
Les souriants pensers.

LE NOUVEAU-NÉ

Sur sa molle couche
Le nouveau-né dormait,
Et sur sa frêle bouche
Un sourire volait.
On entendit la mère
Réclamer son enfant,
Et pour la satisfaire
On sortit doucement
La frêle créature
De son petit berceau.
Fût-il jamais plus aimable figure ?
Fût-il enfant plus beau ?
D'une main maladive
Sa mère le reçoit,
Et d'une voix plaintive
Lentement le revoit.
Le cher ange sommeille,
Se réveille,
En riant.
Le regard de la mère
Voit celui de l'enfant,
Le regard de l'enfant s'ouvrant à la lumière
Voit celui de la mère,
O spectacle touchant !

PUELLA

La rose de la colline
Lentement se mourait,
Jusque dans sa racine
Elle se desséchait :
« Adieu, parfums mystiques
De la prairie en fleurs ;
Adieu, maisons rustiques
Des braves laboureurs ;
Adieu, plaine féconde,
Adieu, ruisseau charmant :
Roule, roule, chère onde
Dans le même courant ;
Adieu, flamme brillante
De l'astre-roi des cieux ;
Adieu, voûte éclatante
Qui réjouis les yeux. »
L'ange de la colline
Entend ces derniers cris,
Sur le rosier surpris
Sa blanche main s'incline,
Et l'innocente fleur
Retrouve sa couleur.

———

L'HOMME

L'homme né sur la terre
Au sein de la poussière,
        Grandit,
        S'enrichit;
Travaille dans les villes,
Travaille dans les champs;
    En rêves inutiles
Il consume son temps.
Il marche sur la terre,
Vole dans l'atmosphère,
Fait retentir les airs,
Se jette dans les mers.
Puis un vent passe :
Il fléchit, il se casse,
        Et dans la mort
        Finit son sort.
Pour trésor il n'a plus que l'extrême indigence
        Dans le champ du repos,
        Et le profond silence
        Règne seul sur ses os.

L'ORPHELINE

Sous le regard de Dieu, sa mère bien-aimée
    Venait de s'endormir.
Au pied du noir cyprès, sa place accoutumée,
    Elle venait gémir.
Le printemps reparut, semant dans la nature
    D'innocentes odeurs :
Pour fêter une mère, on prend à la verdure
    Le langage des fleurs.
Il s'ouvrait au jardin une petite rose,
    O cruel souvenir !
La blonde enfant descend, et sur la fleur dépose
    Un baiser, un soupir.

LE MYOSOTIS

Un doux myosotis, la perle du vallon,
Ouvrait sa bouche bleue aux baisers de l'aurore,
    Et sommeillait encore
    Sur le sein du gazon.
    Du sommet de l'hyeuse,
    Le rossignol chantait,
Cet enfant nouveau-né, le pinson répondait
    Dans une hymne pieuse.
Soudain l'astre du jour bondissant sur sa couche,
Paraît et lui sourit du fond de l'horizon;
    Et le blanc papillon
    Le baise sur la bouche.

LE CERISIER

Le cerisier de la colline
Pendait en grappes de rubis ;
  Une main enfantine
  Plus blanche que le lis,
  Que la blanche colombe,
Monte dans l'air et puis retombe :
  « Aimable cerisier,
  Courbe-toi, je t'en prie ;
  Je promets sur ma vie
  De ne pas t'oublier ».
Trois cerises tombèrent,
      Et l'enfant
      Les prenant,
Ses blanches dents croquèrent
Le fruit si complaisant.
  « Baisse-toi donc encore,
  Cerisier généreux :
  Mon regard te dévore,
  Tu dilates mes yeux ».
Trois cerises tombèrent,
      Et l'enfant
      Les prenant,
Ses blanches dents croquèrent
Le fruit si complaisant.
  Puis il vint dans la plaine
      En courant,
  Nous raconter la scène
      En riant.

L'ENFANT

Sur la verdure
Des cent coteaux,
Au chant de mille oiseaux,
Au chant de la nature,
Un jeune enfant
Joignait son chant.
Dans la prairie,
Verte et fleurie,
Le bon maître Jésus
Passe avec ses élus.
L'enfant avec vitesse
Va cueillir une fleur,
Et dans son allégresse
Vint l'offrir au Seigneur.
Et Jésus de sourire,
Lui promet son empire ;
Puis bénit ses parents,
Ses brebis et ses champs.

PAUVRE GRAND'PÈRE !

Les enfants
Sont partis dans les champs ;
Pauvre grand'père
Sous le tilleul
De la chaumière
Je reste seul.
Dans les airs un chant passe,
Grandit, s'efface ;
Le soleil
A son réveil
Bondit, s'avance
Et puis s'élance
A la voûte des cieux ;
Sur la pente
Le berger chante
Mille airs joyeux ;
Dans la colline
Qui s'incline
Au sein des fleurs,
Sont mille odeurs.
Le ruisseau coule
Dans les roseaux,
Et l'onde roule
Des fruits nouveaux.

L'ANGE GARDIEN

La vie est une fleur
Qui jette son odeur
Dans la colline
Qui s'incline,
Dans les vallons
Féconds.
Par les plaines et les monts,
Par la prairie
Verte et fleurie,
La vie assurément
S'effeuille promptement.
Mais sur ses blanches ailes
Des voûtes éternelles
L'ange de Dieu descend,
Recueille nos larmes,
Recueille un soupir,
Nos efforts, nos alarmes,
Et puis va les offrir
A ce Dieu suprême
Qui nous régit lui-même,
Qui commande au réveil
Du soleil,
Et qui commande à l'onde
Profonde ;
Au Dieu qui peupla les déserts,
Au Dieu qui régit l'univers.

L'ANGE DU SOIR

Quand du front des étoiles,
La nuit
Jette ses voiles
Sans bruit,
L'ange de la prière
Descend
Près de la mère
Et de l'enfant.
Près de leur couche
Il se met à genoux
Et répand sur leur bouche
Les parfums les plus doux.
Il ferme leur paupière,
Il sème des pavots,
Il chasse la lumière,
Il commande au repos.
Puis dans leur âme
De flamme
Versant des rêves d'or,
L'ange prend son essor.

SUR LE FRONT DE L'ENFANT

Oh ! sur le front d'un ange de la terre,
    Qu'il est doux de poser
        Un baiser !
Il est si pur l'enfant et sa tête est si fière !
        Sa couronne de lis
        A tant de prix !
Il est si pur l'enfant avec ses yeux de flamme
        Où pétille son âme,
        Qui brûlent de tout voir,
        Qui veulent tout savoir !
Il est si pur l'enfant avec sa bouche ronde,
        Qui donne cent baisers,
        Que peuple tout un monde
        De sublimes pensers !
Il est si pur l'enfant avec sa voix limpide
        Qui murmure : « Maman »,
        Avec sa main timide
        Qui caresse en jouant.
Oh ! sur le front d'un ange de la terre,
        Qu'il est doux de poser
            Un baiser !

LE SAINT

L'or, l'argent,
Les pierreries
Fleuries,
Le diamant
Luisant
Brillent dans son âme
De flamme,
Brillent dans son cœur,
Brillent sur sa tête
Qui reflète
La gloire du Seigneur ;
Brillent sur sa bouche,
Brillent dans ses yeux,
Brillent sur sa couche
Qui le retrouve heureux.
Sans cesse
Il conjure le ciel,
De l'Éternel
Implorant la tendresse.
Et l'ange qui revient
Visiter notre terre
Recueille la prière
Du saint.

LE COMBAT

Les clairons sonnent,
Les armes détonnent,
Les vallons résonnent,
Le sol est tremblant,
Le ciel chancelant,
Le soleil sanglant.....
Et puis un lourd silence,
Des pleurs, des cris, de longs soupirs.
A genoux ! les martyrs
Du sein de la souffrance,
Montent pieux
Dans les cieux.

POUR DIEU, POUR LA PATRIE

Oh! si je meurs là-bas de fièvre ou d'une balle,
Rendez mon corps, amis, à la terre natale.
Le soir,
Sur ma tombe de pierre,
Viendront s'asseoir
L'espoir et la prière.
Ma mère
Pleurera son fils,
Et dans l'atmosphère
Poussera des cris.
Mon père, succombant sous l'âge
Se frappera le front,
Et sous le gazon
Pleurera son image.
Un vieil ami m'apportera des fleurs,
Le lis et la jacinthe,
La rose sainte,
Un vieil ami viendra verser des pleurs.

LES PREMIERS PAS

Le petit enfant
S'agite,
Se précipite,
Fait quelques pas
Retombe dans les bras
De son père,
De sa mère
Qui l'embrasse en riant.
O plaisir enivrant !
La rose
Sur sa bouche éclose
Répand de doux parfums.
Et dans son œil d'ébène
Son âme sereine
Ignore nos chagrins.

LA CLOCHE

Respectons
La cloche qui sonne,
Recueillons
Les sons qu'elle donne.
La cloche du hameau
En cadence
A notre naissance
A dit un chant nouveau ;
Et quand l'heure dernière
Viendra fermer nos yeux,
La cloche dans l'atmosphère
Nous fera ses adieux.

LE ROITELET

Salut à toi,
Douce créature !
Pour chanter la nature,
Viens vite sous mon toit.
Aucune main cruelle
Dans ces lieux
De la tourterelle
N'a brisé les œufs.
La mousse
Pousse
Sur les vieux murs ;
C'est le silence :
En cadence
Donne tes accents purs.

DANS LE JARDIN

Sous l'ombrage,
Parmi les fleurs
Aux suaves odeurs,
Dans le feuillage
De mon jardin
Qu'il fait bon le matin !
Je cueille la rose,
Je me repose
Près de l'œillet
Et du bleuet ;
Je cueille la jacinthe ;
Et sur ma lèvre empreinte
Une rose apparaît.
Je m'amuse avec l'onde
Du petit ruisseau,
Qui gémit et qui gronde
Au pied du roseau.

A QUOI BON

Au bout de la carrière
Il faudra donc tomber,
Et dans le cimetière
On ira m'enterrer.
Que me fera la gloire,
Les lauriers somptueux,
Cueillis dans la victoire
Si je suis malheureux ?
Que fera la richesse,
Que feront les palais,
S'il faut dans la tristesse
Demeurer à jamais ?
Que feront les délices
D'un somptueux festin,
Si rongé par les vices
Je dois mourir demain ?

L'AGONIE DU POÈTE

Il faut mourir si jeune, il faut mourir,
Quand la rose
Est éclose,
Quand le lis
Près des œillets fleuris
Entr'ouvre sa corolle ;
Quand, à la coupole
Des cieux
Radieux
La colombe s'envole ;
Quand paraît le soleil,
Plus beau, plus vermeil ;
Quand la nature
Répand la verdure
Par les monts,
Les vallons ;
Quand l'onde pure
Bondit, murmure
A travers les sillons ;
Quand l'hirondelle
Agite son aile
Et vole sur les vents ;
Quand l'abeille
S'éveille
Butine par les champs.

Il faut mourir quand au bocage
Le tendre oiseau
Essaie un doux ramage
Dans son berceau ;
Quand l'alouette
Monte, monte, répète
Son cantique au Seigneur.

DANS L'AUTRE MONDE

Dans l'autre monde, oh ! quel grand mot !
Plus de prairies,
Plus de ruisseaux,
Plus de coteaux,
Plus de roses fleuries,
Plus de bleuets
Et plus d'œillets ;
Plus de campagnes,
Plus de montagnes
Et plus de cieux ;
Plus de collines,
Plus d'aubépines
Sous les yeux ;
Plus de rires aimables
Dans le berceau,
Plus de voix agréables
Dans le coteau.
Au sein des ténèbres
Les bois et les forêts,
De leurs voiles funèbres
Se couvrent à jamais ;
Plus de famille,
Plus d'amis,
Et le ver seul fourmille
Dans le tombeau surpris.

LE POÈTE

Assis dans la vallée,
    Dans le bosquet
    De la forêt,
Sur le bord d'une allée,
    Dans le chemin
    Du vieux moulin,
Je chante la nature,
Je chante les coteaux,
Je chante la verdure,
La terre et les eaux ;
        L'étoile
    Qui sur le flot
    Guide la voile
    Du matelot.
    En cadence
    Je m'élance
Sur les ailes des vents ;
    Sur le rivage,
    Dans le feuillage
Où l'oiseau dit ses chants.

SUR LA BIÈRE

Sur la bière
De mon ami,
Je vis tomber la terre,
Et tout fut fini.
Et la terre
Du cimetière
Retombait
Et couvrait
Mes soupirs, mes alarmes,
Mes chagrins et mes larmes.
Et la terre tombait
Et couvrait
Mes secrètes voies,
Mes soupirs et mes joies.
Sur la bière .
De mon ami,
Je vis tomber la terre
Et tout fut fini.

L'ILLUSION

Un mirage trompeur nous couvre de son ombre,
    Dans les prés, dans les bois,
    Dans les chemins étroits,
    Dans la colline sombre;
Un nuage trompeur nous couvre de son ombre,
    Au fond du gouffre noir,
    Au fond du précipice,
    Dans le chemin qui glisse,
    Dans les antres du soir,
        Sur la montagne
        Dans la campagne,
        Par les marais,
        Dans les forêts.
    On cherche la victoire,
    On cherche un peu de gloire,
    On cherche, on cherche encor,
    Ah ! l'on cherche un peu d'or.
    Et puis au soir de notre vie
    Sous le fatal linceul,
    Triste, l'âme flétrie,
    Il laisse l'homme seul.

L'AMI

On est bien près d'une âme
Qui rend le doux parfum
De la rose et du lis, de l'œillet du jardin.
L'ami, c'est la verte colline
Où fleurit l'aubépine,
Où les œillets en fleurs
Parfument les hauteurs ;
L'ami, c'est l'onde
Vagabonde
Qui coule dans les champs,
La colombe
Qui retombe
Sur les prés verdoyants.
L'ami, c'est le riant feuillage
Où l'oiseau dit son chant ;
C'est l'air rafraîchissant
Après un soir d'orage.
L'ami, c'est le soleil
A son réveil,
Quand l'aurore
Colore
Le jardin, le bosquet,
Quand l'étoile
Se voile,
Quand le monde renaît.

MERCI !

Le globe du soleil traînait sur la contrée
    Son foyer dévorant,
Et la blanche jacinthe à la gorge dorée
    Se mourait lentement.

    Sa corolle flétrie
    Allait tomber dans peu,
    A toute la prairie
    Elle disait : Adieu.

Du sommet d'un ormeau la blanche tourterelle
    La voit avec douleur.
Un peu d'eau suffirait ! elle agite son aile,
    S'abat près de la fleur.

    Une goutte d'eau tombe
    Du cristal de ses yeux ;
    Et la blanche colombe
    S'envole dans les cieux.

MA MÈRE

Ma mère
Je ne la verrai plus :
Au cimetière
Ils sont tous descendus.

O lit où la souffrance
Vient d'achever son cours,
Je t'aimerai toujours
Témoin de ma naissance.

Sur la table est l'écrit
Où sa main chancelante
Hier encore écrivit
Une ligne expirante.

Pour la première fois
La nuit du cimetière
Pèsera sur ma mère
A l'ombre de la croix.

Ma mère
Je ne la verrai plus :
Au cimetière
Ils sont tous descendus.

LE CIMETIÈRE

Le soir
Retombait sur la terre ;
Près du manoir
Dans la verte bruyère
Le rossignol chantait encor
Ses rêves d'or.
Sur la tombe fleurie
De ma mère chérie
Je priais,
Sur la tombe fleurie
De ma mère chérie
Je pleurais.
A la céleste voûte
Mille astres radieux
Dans leur brillante route
S'avançaient dans les cieux.
Je versais une plainte amère,
Mais en vain :
Oh ! le cruel chemin
Qui mène au cimetière !

LE PORTRAIT DE MA MÈRE

Je vénère
Sur mon bureau
Le portrait de ma mère.
Son front pur est si beau !
Quand je suis sage,
Son image
Dit en souriant :
« Mon enfant ! »
Mais quand la paresse
Vient souiller mon cœur,
Son regard me blesse :
Je tremble et j'ai peur.

L'ANGELUS DU MATIN

La cloche sonne
A travers
Les airs,
Le bosquet entonne
Ses plus doux concerts.
Le laboureur s'arrête
Sur la crête
Du vieux champ
Fumant
Pour faire
Sa prière
Au Dieu tout-puissant ;
La bergère s'arrête
Sur la crête
Du verdoyant coteau
Pour faire
Sa prière
Au sein du troupeau.

L'ANGELUS DU SOIR

Des rapides hauteurs où roule le tonnerre
Descend
L'astre géant
Sur son char de lumière.
La cloche du hameau
En cadence
Jette au silence
Son chant si beau.
Un genou sur la terre
Le fidèle pieux
Fait sa tendre prière
A la reine des cieux.
Et dans l'atmosphère,
L'étoile solitaire
Resplendit
Et sourit..
Tout redit une vierge chérie,
Tout redit le beau nom de Marie.

L'ENFANT

Dans son lit
Comme une tendre rose
L'enfant se repose
La nuit.
Quand il s'éveille
Le matin,
Son âme est pareille
A la fleur du jardin.
Il sourit à la vie,
Aux anges radieux :
Son âme épanouie
Vient de tomber des cieux.
Oh ! qu'il est beau l'enfant
Avec son doux sourire,
Avec son air charmant,
Sa voix qui veut tout dire
Et son regard aimant !

LE CENTENAIRE

Dans le champ
Que cultiva mon père
Je meurs centenaire
Et je meurs content.'
J'ai vu dans la prairie
L'œillet
Qui naissait,
Et la rose fleurie,
La rose au fond des bois,
La rose épanouie
Pour la centième fois.
Sur ma tête
Sont passés cent printemps ;
Et cent fois la tempête
Frappa les pins géants.
Cent fois dans la nature
Se sont glacés les airs,
Cent fois sur la verdure
Ont pesé les hivers.

L'ASTRONOMIE

Quand je vois dans le Ciel
Jaillir tant de merveilles,
Je passerais mes veilles
    A louer l'Éternel.
On ne voit plus la terre
    Qui sans bruit
Roule dans l'atmosphère
      La nuit.
On ne voit plus les rives
Du ruisseau murmurant,
Ni les lumières vives
Du soleil se couchant.
Les hommes célèbres,
Là-bas au pied des monts,
Dorment dans les ténèbres
Au fond des vallons ;
Des astres sans nombre
Vont monter dans les cieux,
Et bien haut sur notre ombre
    Rouler silencieux.
Par la verte atmosphère,
On sourit aux splendeurs
    Qu'ignore la terre,
On sourit aux hauteurs
Où l'on fait sa prière.

LA MONTAGNE

Sur la prairie
Fleurie,
Sur le vallon
Fécond,
La montagne
Dans la campagne
Élève son front ;
Domine
La colline,
Domine le ruisseau,
Voit naître
Le hêtre
Et voit naître l'oiseau ;
Se couronne
De vertes forêts,
S'abandonne
Aux taillis épais.
Et sur la crête
Aux rochers déserts
Le soleil s'arrête,
Contemple l'univers.

———

LE PRINTEMPS

Aux soucis, aux sueurs
Du roi de la nature
Ont répondu les fleurs
De la tendre verdure,
Répond le jeune oiseau
Caché dans son berceau,
Répond un doux ramage
    Dans le feuillage,
Répond un doux ruisseau
    Qui sur la pente
    Bondit et chante,
Répond un doux soleil
    A son réveil,
Un soleil qui s'avance,
    Bondit, s'élance
    Sur les monts
    Les sillons,
Prodigue sa lumière
    A la terre,
La prodigue aux moissons ;
    Répond l'alouette
Qui dans la hauteur
Monte, toujours répète
Son cantique au Seigneur ;

Répond sous l'aubépine
L'aimable rossignol
Qui se dresse, s'incline
Retombe sur le sol ;
Répond l'écho mystique
De plus de cent coteaux,
Sous le souffle rustique
De mille chalumeaux.

LA VILLE

La ville ! oh ! c'est bien là du vice le repaire,
Du vice ténébreux,
Du vice
Qui se glisse,
Du vice venimeux.
L'impur au grand jour a sa place
Dans nos cités ;
Le jeune homme s'efface
Au sein des voluptés ;
Aux rives de la Seine
On a vu le voleur :
La nuit il se promène,
Le jour il n'a point peur.
L'assassin se pavane
Riant
Du châtiment.
Pour un sou qui le damne
Il se couvre de sang.

LE DERNIER JOUR DE CLASSE

Plus de grammaire,
Plus de douleurs,
Plus de colère
Et plus de pleurs.
J'irai dans la prairie,
J'irai cueillir la fleur,
La rose épanouie
Qui donne son odeur.
J'irai dans la colline
Où bondit le poisson,
Par l'onde cristalline
Jeter le hameçon.
J'irai dans le vallon
Où sautille la chèvre,
J'irai dans le sillon
Où repose le lièvre.
Au lever du soleil
J'irai par la montagne,
J'irai dans la campagne
Chanter à mon réveil.
Oh ! j'irai dans la plaine
Où le bœuf au pas lent
Va traînant la semaine
Le coûtre par les champs.
Pour cueillir la noisette
J'irai dans les taillis,
J'irai de la branchette
Détacher les vieux nids.

LES PRIX

Il est si doux
Le baiser d'une mère !
Sur sa lèvre si chère,
Sur ses genoux !
Vole, vole, couronne,
Couronne de lis :
C'est Dieu qui te l'ordonne
Vole sur les beaux prix.

Histoires charmantes,
Adorables récits,
Dans mes mains innocentes
Volez, volez beaux prix.
Vole, vole, louange,
Vole, vole pour moi :
On m'aime comme un ange ;
Je suis un petit roi.
Vole, vole, allégresse,
Volez regards chéris
Des parents, des amis ;
Volez sur ma jeunesse
Volez sur mes beaux prix.

LES FLEURS

Asseyons-nous ici dans ce riant bocage,
Ici parmi les fleurs :
J'aime leur doux langage
Et leurs tendres odeurs.
Oh ! qu'il fait bon s'asseoir près de la violette
Du bouton d'or,
Près de la pâquerette
Qui s'ouvre encor.
Oh ! qu'il fait bon s'asseoir au bas de la colline
Où coule un doux ruisseau,
Où fleurit l'aubépine,
Où vient chanter l'oiseau.
Asseyons-nous ici dans ce riant bocage,
Ici parmi les fleurs :
J'aime leur doux langage
Et leurs tendres odeurs.

LA VIEILLESSE

On descend de la vie
Par un sombre chemin,
Où la rose fleurie
Ne rend plus son parfum ;
Où l'oiseau se désole,
Où l'étoile s'envole,
Où le soleil
N'a plus son doux réveil.
On tombe
Dans la tombe,
Dans l'éternel sommeil.
C'est en vain qu'on s'accroche
Au banc de fier granit,
A la puissante roche,
Au chêne qui grandit.
Tout reste dans la main comme une herbe fragile,
Comme une ombre du soir,
Le plus habile
Descend au gouffre noir.

LA VIERGE D'ALSACE

La vierge du vallon
Le long
De la colline
Qui s'incline,
Du ruisseau
Qui serpente
Sur la pente
Du coteau,
Descend à l'aurore
Qui colore
Les célestes hauteurs,
Prier dans la vallée,
Prier parmi les fleurs,
Prier pour notre armée,
Prier pour nos malheurs.
La rose épanouie
Dans le bosquet
Avec l'œillet
De la prairie
Répand un doux parfum
Près du chemin.

LE RENOUVEAU

Sous un ciel bleu la terre est suspendue,
        Chaque être attend
        La feuille, la verdure,
        L'été naissant.
    Bien haut dans l'atmosphère
        Immobile, anxieux,
        L'arbre monte de terre
        La tête dans les cieux.
    La grive a chanté sur la branche,
        Partout aux alentours
Ses soupirs, son bonheur, le printemps, les beaux
        Le geai saute, se penche   [jours,
        Sur le ruisseau,
    Retombe sur le sol, remonte
        Sur l'ormeau.
        L'onde voudrait sourire
        Mais point de fleurs,
        Le poète d'écrire :
        Point de splendeurs.
    Pendant qu'une voix pure
        Du sein de la verdure
        S'élance dans les airs,
        Le chien de la bergère
        D'une voix de tonnerre
        Aboie en les prés verts.

Le noir corbeau coasse
Sur son aile de plomb,
L'astre géant s'efface
Au fond de l'horizon.
Un vent frais des montagnes
Descend par les campagnes :
Il fera beau demain.

LA CLOCHE DE L'ÉCOLE

Dans l'atmosphère
La cloche sévère
Jette ses sons :
   Obéissons.
Elle dit : viens donc vite,
Paresseux, paresseux :
Au travail, je t'invite,
Au travail sérieux.
Elle dit : la jeunesse
Passe comme une fleur,
Et la froide vieillesse
Croupit dans la langueur.
Elle dit : vois l'abeille
Qui s'endort tous les jours,
Et tous les jours s'éveille
Pour faire son parcours.
   Dans l'atmosphère
   La cloche sévère
   Jette ses sons :
      Obéissons.

LA CONSÉCRATION

Des voûtes éternelles
Aux flammes immortelles
Jésus descend,
Et dans les mains du prêtre
Ce divin maître
Se rend.
Peuples à terre
Vains jouets du cercueil,
Courbez dans la poussière
Vos fronts remplis d'orguéil.
Et toi dans l'atmosphère
Sacrifice pieux,
Va porter ma prière
Jusqu'au sommet des cieux.
Plane, plane, divine hostie
Sur les enfants ;
Plane, plane, eucharistie
Sur les vieux ans.
Des voûtes éternelles
Aux flammes immortelles
Jésus descend ;
Et dans les mains du prêtre
Ce divin maître
Se rend.

LA NUIT

Que c'est beau ! que c'est beau !
    Plongé dans la poésie
    Sur ma couche fleurie,
    Je fais un chant nouveau.
    La veilleuse m'éclaire
    De sa pâle lumière
    Au milieu de la nuit ;
    Autour de ma couchette
    Une rime tempête,
    Une rime s'enfuit.
    Le silence m'entraîne
Sur les monts, dans la plaine
    Au milieu des prés verts ;
    Mon cœur bat la mesure
    Et marque la césure ;
    Et moi je fais des vers.
    Plongé dans la poésie
    Sur ma couche fleurie,
    Je fais un chant nouveau.
Que c'est beau ! que c'est beau !

LA JEUNE MOURANTE

Sous l'ombre du vieux chêne
Qui borde le ruisseau
Au bord de la fontaine
Qui promène son eau,
A travers les prairies,
Les campagnes fleuries,
Les bois et les genêts,
Les jardins, les bosquets,
Un jeune lis, l'amour de la nature,
Mourait dans la verdure.
Déjà sur le gazon
Du vallon
Voltigeaient ses sépales,
Déjà sur le sentier
Du gravier
Voltigeaient ses pétales.
Il tombe : son front est noir.
La cloche de l'Église
Sonna le chant du soir.

UN SOIR D'AUTOMNE

Un silence de fer pesait sur les campagnes,
Pesait sur les montagnes,
Pesait sur les vallons ;
Le berger de sa voix éclatante
Redisait ses chansons
Et la brebis errante
Trottait par les sillons.
Sur l'enclume sonore
Le forgeron frappait
Et l'écho répétait :
Encore ! encore !
Un vent froid gémissait,
Sous la feuille tremblante,
Et le corbeau planait sur son aile pesante.
Au chemin tortueux
La petite écolière
Dans ses sabots noueux
Descendait toute fière.
Et le bœuf au pas lent
Traînait dans la colline
Le chariot criant
De la ferme voisine.

LE RÉVEIL DE L'ENFANT

Sur la crête
Des monts aux pieds verts
Le soleil s'arrête,
Contemple l'univers,
Se trace une route
A travers
Les airs,
S'élance à la voûte
Des cieux
Radieux.
Sur sa tendre couche
Le jeune enfant dormait,
Et sur sa tendre bouche
Le sourire volait.
Il ouvre sa paupière
Sous la blanche lumière
Du soleil,
Son petit cœur palpite,
Sa blanche main s'agite
A son réveil.

A MARIE

Au fond de la colline
Sous le dôme du ciel,
A la vierge divine
Élevons un autel.
Cueillons dans les prairies
Mille roses fleuries,
Cueillons dans les bosquets
Cueillons de blancs œillets.
Oh ! que nos fronts rayonnent
Sous les feux
Des cieux,
Oh ! que nos voix entonnent
Un chant
Résonnant.
Que l'onde murmure
Auprès de la fleur,
Que toute la nature
Chante son chant d'honneur.
Que la fauvette
Saute sur la branchette,
Et que le rossignol
Bondisse sur le sol.
Que la cloche résonne
A travers
Les airs ;

Que le zéphir sillonne
          Les vallons
          Féconds.
Que toute fleur grandisse,
Que tout épi mûrisse,
Et que les papillons
Volent par les sillons.

————————

L'HYMNE DU MATIN

Au réveil
Du soleil
L'oiseau de la colline
Sous l'aubépine
Dit son refrain ;
Par la montagne,
Par la campagne
Au vert chemin,
Sur la pente
Le berger chante
Son refrain.
La faucille
Coupe, scintille
Dans la main ;
Et la musette
Nous répète
Son doux refrain.
Loin de son père
Dans la chaumière
Un chérubin
Près de sa mère
Fait sa prière
Du matin.

DU MÊME AUTEUR :

AUX COLONIES ! éloquent appel à l'action
coloniale. . . . .   **0 fr. 75**

AU SACRÉ-CŒUR (29 poésies) . . .   **0 fr. 50**

www.ingramcontent.com/pod-product-compliance
Lightning Source LLC
LaVergne TN
LVHW020841200726
843508LV00003B/1027